아리아 1권

임유주

어린 시절 읽었던 단순하고 명료한 해피엔딩 동화들이 주었던 위안과 기쁨을 간직하며, 어른들에게 잊혀진 동화적 꿈을 다시 선사하고자 이 작품을 집필하였다. 하지만 단순한 동화의 세계와 현실의 냉혹한 간극을 외면하지 않고, 해피엔딩과 새드엔딩이라는 두 가지 상반된 결말을 통해 삶의 복잡성과 인간다움을 깊이 탐구하였다.

어른들이 현실 속에서도 자신만의 해피엔딩을 꿈꿀 수 있기를, 그리고 때로는 쓰라린 결말 속에서도 희망의 작은 불씨를 발견하기를 바라는 임유주 작가의 작품은 단순히 이야기로 끝나지 않고, 독자들에게 스스로의 삶을 다시 들여다볼 용기와 철학적 시사점을 선사한다.

작가 홈페이지

아리아 1권

세계의 시작에서

임유주 지음

세상의 시작이자

이야기의 시작

아주 오래 전, 신은 땅과 하늘을 세우고, 넓은 세상을 가득 채울 인간과 수많은 동물을 만들었어요.

완벽하게 순수하고 아름다웠던 태고의 세상.

하지만 인간들은 여러 세대를 거쳐 번성할수록 탐욕스럽게 변해 갔어요.

이를 지켜보던 신은 이 땅의 첫 순수를 회복하기를 바라는 마음으로 특별한 존재를 만들기로 마음먹어요.

신은 이 세상이 아닌 머나먼 별에서 가져온 귀한 물질로 새로운 생명체를 만들기 시작했어요. **얼핏 보면 다른 인간의 모습과 다를 바가 없었지만, 그녀는 특별한 눈과 심장, 피를 가지고 있었어요.**

그녀의 눈은 보통의 인간과는 달라 더욱 깊이 반짝거렸어요. 세상 어느 보석보다도 눈부시게 빛나는, 먼 외계의 귀한 물질로 만들어진 그녀의 심장은 감정이 고조될 때마다 사방으로 밝은 빛을 내뿜었어요. 그녀의 붉은 피는 그녀의 아름다움과 젊음을 더욱 찬란하게 빛냈어요.

신은 특별한 그녀를 매우 사랑했어요.
그래서 좋은 부모를 찾아주고 싶었어요.

모두가 잠든 틈을 타 신은 한 부부에게
그녀를 점지해 주었어요.
부부는 사랑을 주고, 또 받을 줄 아는
선한 사람들이었어요.

**모두가 잠든 밤,
이 특별한 아기는 커다랗고 투명한
마법 구슬에 담겨 세상에 내려왔어요.**

며칠 뒤,

아이를 갖게 된 것을 알게 된 부부는

매우 기뻐했어요.

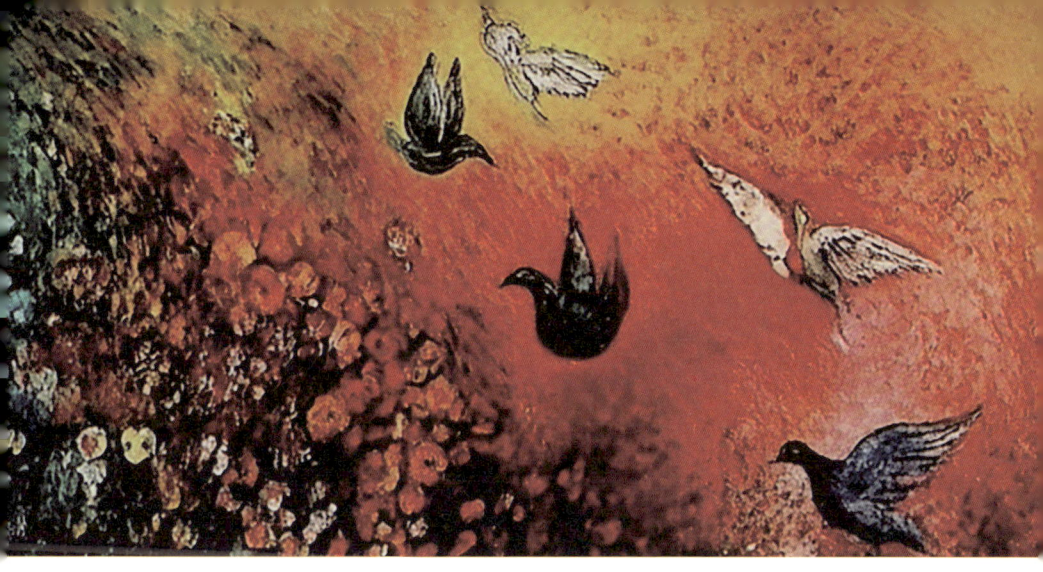

달이 차고 아이를 낳게 된 부부는,
딸아이의 이름을 '아리아'라 짓고,
사랑으로 보살피고 키우기 시작했어요.

살림이 넉넉하지는 않았지만 그들은 딸을 부족함 없이 키우려 애썼어요.

하지만 어느 순간 부부는 자신들의 아이가 여느 아이들과는 다르다는 걸 알아차렸어요.

아이가 머리끝까지 짜증이 나서 울 때면 온 집안의 유리창이 깨지고, 화가 나서 소리를 지를 때면 벽에 걸려 있던 물건들이 와장창 바닥으로 모두 떨어져 버렸어요. 가끔은 꿈을 통해 미래를 알기도 하고, 다른 차원의 세상을 보기도 했어요.

부부는 아이를 너무 사랑했지만, 한편으로는 아이의 능력을 두려워했어요.

딸이 남다른 능력을 가지고 있는 것을 저주처럼 받아들인 부부는, 그녀가 자신의 능력을 발휘하는 것을 매우 꺼려했어요.

그리고 다른 이들 앞에서 그 능력을 보이지 않도록 당부했어요.

그것은 그녀를 보호하기 위한 것이기도 했어요.

작은 마을에서 그녀는 부모의 보호 속에 안전하게 자라날 수 있었어요. 시간이 흘러 아름다운 처녀로 자라난 그녀에게는 알 수 없는 신비로운 매력이 있었어요. 사람들은 그녀가 아름답다고 느꼈지만, 말로 설명하기 어려워했어요.

그녀의 깊은 눈동자와 눈부시게 빛나는 심장, 피 때문이란 것을 눈치 챈 단 한 명의 마을 청년 리바이를 제외하고는, 아무도 그녀의 아름다움을 제대로 보지도 깨닫지도 못했어요.

그녀는 자신의 아름다움의 근원을 알아본 단 한 사람에게 사랑을 느꼈어요. 그녀는 그 청년이 현생 이전의 시간부터 얽혀 온 자신의 인연임을 깨달았어요.

햇빛이 눈부시던 마을 시냇가에서 서로에게 반한 그들은 사랑에 빠졌어요. 그녀는 자신이 특별한 존재라는 비밀을 리바이에게 들켰지만, 걱정하지 않았어요.

그가 자신의 비밀을 지켜 줄 거라 믿었으니까요. 그녀는 어떤 순간이 와도 그가 자신을 지켜 줄 것을 믿었어요. 매일 리바이는 아리아의 아름다움에 취해 그녀에게 달콤한 사랑을 속삭였어요.

어느 날 리바이는 은방울꽃을 아리아에게 선물하며 말했어요.

"은방울꽃은 반드시 행복해진다는
의미를 가지고 있대요.
내가 당신을 꼭 행복하게 해 줄게요!"

사랑스러운 은방울꽃을 받아든 그녀는 기뻤어요. 아리아는 리바이의 두 눈을 들여다보며 말할 수 없는 행복을 느꼈어요.

아리아에게 그는 세상에서 가장 소중한 존재가 되었어요.

그러던 어느 날, 마을엔 아리아에 대한 근원을 알 수 없는 소문이 돌기 시작했어요. 그녀가 평범한 인간이 아닌 마녀라는 소문이었어요.

곧 온갖 말도 안 되는, 입에 담을 수조차 없는 악의적인 헛소문들이 그녀와 그녀의 가족들을 괴롭히기 시작했어요.

마을 사람들은 아리아와 그녀의 가족들을 벌레 쳐다보듯 하며 가까이하지 않았어요. **마을 사람들에게 아리아는 미지의 존재이자 두려움의 대상이었어요.** 그들은 곧 온갖 나쁜 이야기들을 아리아에게 덮어씌우기 시작했어요.

평범하지 않고, 남들과 다르다는 것은 아리아에게 큰 고통이 되었어요.

그녀는 큰 충격을 받고 아무 말도 할 수 없어, 온종일 집안에 틀어박혀 슬피 울었어요.

리바이를 만나 이야기해 보려 했지만 만날 수 없었어요. 그의 가족들은 그녀가 리바이를 만나는 것을 허락하지 않았어요.

아리아는 그가 어떤 해명이라도 해 주기를 바랐지만 리바이 역시 침묵을 지키며 그녀를 만나려는 시도조차 하지 않았어요. 아리아는 온 세상이 무너진 듯했어요.

긴 침묵과 어둠, 고통 속에 그녀는 홀로 그 시간들을 견뎠어요. 사랑하는 이에 대한 배신감과 슬픔, 아픔 속에 그녀는 점점 더 가라앉았어요.

그녀는 버림받았다고 느꼈어요. 그리고 원망스러운 마음이 들었어요.

그녀에겐 마을 사람들보다 연인이었던 리바이에 대한 원망이 더욱 컸어요. 그리고 곧 깨달았어요.

'나를 이 세상에서 가장 잘 알고,
지켜 줄 거라 믿었던 당신도
다른 사람들과 다를 바 없군요.
이제 이 마을에 내가 설자리는 없어요….'

그녀의 두 눈에서는 슬픈 눈물이
끊임없이 흘러내렸어요.

아리아가 괴로운 나날을 보내고 있던 어느 날, 마을에 어느 떠돌이 장사꾼이 들렀다가 아리아에 대한 소문을 들었어요.

그는 희귀하고 특별한 소녀가 있다는 이야기를 한 마을 사람에게서 전해 듣고는 생각했어요.

'그 소녀를 데려가 큰 도시에서 팔면 엄청난 돈을 받을 수 있을 거야.'

곧 그는 마을 사람들의 따돌림과 연인의 외면에 상처 입은 아리아에게 다가가 위로하는 척 말을 건넸어요.

"당신에 대해 마을 사람들에게 들었어요. 하지만 난 그 사람들 말을 믿지 않아요. 내 눈에 당신은 그저 작고 어여쁜 소녀인걸요. 마을 사람들은 참 나빴어요. 당신같이 선량한 사람을 마녀로 몰다니."

이렇게 말하고, 떠돌이 장사꾼은 아리아의 눈치를 본 뒤 계속해서 그녀를 꾀었어요.

"나와 함께 큰 도시에 가 보지 않을래요? 그곳엔 당신을 따듯한 눈으로 봐 줄 사람들이 더 많을 거예요. 큰 도시는 다양한 사람들이 어울려 살고 있어요. 그곳에서는 당신의 특별함에 대해 어느 누구도 색안경을 끼고 보거나, 마녀로 몰지 않을 거예요. 그곳에 도착할 때까지 내가 당신을 지키고 보호해 줄게요."

아리아는 잠시 생각에 빠졌어요.

긴 생각 끝에 결심을 굳힌 그녀는, 며칠 뒤 마을 사람들과 리바이, 아무도 모르게 떠돌이 장사꾼을 따라 뒤도 돌아보지 않고 마을을 떠났어요.

마을에서 멀어지고 큰 도시에 가까워지자, 떠돌이 장사꾼은 슬슬 본색을 드러내기 시작했어요.

다정하고 친절했던 말투는 사라지고, 퉁명스러운 말투로 위협하듯 아리아에게 명령하고 윽박지르기 시작했어요.

큰 도시에 도착할 때쯤, 그는 아리아를 겁박해 커다란 우리에 넣고 쇠사슬을 채웠어요. 그런 뒤 그녀에게 물었어요.

아리아는 공허하고 텅 빈 눈빛으로
대답했어요.

"이제 와서 내가 어떤 존재인지가
당신에게 중요한가요?
사람들은 그저 보고 싶은 대로 보고,
믿고 싶은 대로 믿을 뿐이에요."

"당신과 마을 사람들 모두에게 진실이 중요하긴 한가요? **거짓도 열 번 말하면 진실이 되는 세상에서 나에 대한 진실이 어떤 가치가 있을까요?** 진실은 깨지거나 왜곡되기 쉬워요. 사람들에게 진실은 중요하지 않아요.

그저 그들은 이야깃거리가 필요했고, 가끔은 자신들의 잘못을 숨기고 다른 사람들의 주의를 돌리기 위해 내게 말도 안 되는 누명을 뒤집어씌워 욕보이기도 했어요. 감당할 수 없는 일이 일어났을 때는 분풀이를 하고 책임을 전가할 누군가가 필요했고요.

그들은 나를 그렇게 이용했어요. 그리고 당신에게 지금의 난 비싸게 팔기 위한 동물에 지나지 않아요.

난 언제나 그냥 나였는데, 당신들은 끊임없이 내가 아닌 무언가로 날 정의해요. 인간들이란 그런 존재예요. 나는 이미 나 자신을 잃어 가고 있어요…."

정곡을 찔린 듯, 머쓱했는지 짐짓 헛기침을 하고는 떠돌이 장사꾼은 아무 말도 하지 않았어요. 그는 다시 길을 재촉했어요.

큰 도시에 도착하자마자 떠돌이 장사꾼은 그녀를 과학자들과 의사들에게 데려갔어요.

"이 소녀의 두 눈과 심장에서 뿜어져 나오는 빛을 봐요. 이 소녀는 매우 특별해요. 연구 가치가 높은 실험체라고요. 깊이 연구를 해 보면 이 소녀의 특별한 점을 더 많이 발견할 수 있을 거예요."

과학자들과 의사들은 흥미로운 듯 그녀를 쳐다봤어요. 그들은 떠돌이 장사꾼에게 물었어요.

"얼마를 원합니까?"

"흠…. 금 한 덩이 값 정도는 받아야겠어요. 세상에 하나밖에 없는 특별한 소녀라고요. 난 제대로 값을 받아야겠어요."

과학자들과 의사들은 눈빛을 교환한 뒤, 금 한 덩이를 떠돌이 장사꾼에게 지불했어요. 커다란 우리 안에서 모든 상황을 지켜보고 있던 아리아는 비참한 현실에 눈물을 흘렸어요. 그리곤 앞으로 닥칠 일을 예견하듯 두려움에 온몸을 떨기 시작했어요.

과학자들과 의사들은 두려움에 빠진 아리아의 모습은 아랑곳하지 않은 채, 감정 없는 태도로 그녀를 실험실로 데려갔어요.

한편, 아리아가 떠난 것을 뒤늦게 알게 된 리바이는, 후회 속에 사랑하는 아리아를 찾겠다는 결심을 한 후, 작은 마을을 벗어나 긴 여정을 시작했어요. 그는 곧 커다란 도시에 도착했어요.

도시는 그가 나고 자란 작은 마을과는 전혀 달랐어요. 화려하고 번쩍거리는 물건들, 그리고 사랑하던 연인과는 전혀 다른 매력을 가진 아름다운 여성들로 넘쳐났어요.

도시는 돈과 즐길 거리로 가득 차서 가는 곳마다 그의 시선을 끌었어요. 커다란 도시에 머물며 그는 생각했어요.

"이곳에서 돈도 벌고 잠시 쉬었다 가야겠어. 내가 돈을 많이 벌어 놓으면 아리아를 찾기도 더 쉬울 테고, 그녀를 만났을 때 예쁘고 좋은 것들도 더 많이 사 줄 수 있을 거야."

그렇게 그는 한 동안 커다란 도시에 머물며 큰 돈을 모았어요. 그가 큰 돈을 모은 부자라는 소문이 돌자, 도시의 아름다운 여성들은 앞다투어 그를 유혹했어요. 곧 그는 자신의 연인을 쉽게 잊었어요. 자신의 연인이 어떤 가치를 지닌 사람이었는지는 더 이상 그에게 중요하지 않았어요.

그는 풍족했고, 언제든 아름다운 여성들과 함께 할 수 있었어요. **이제 그에게 최고의 가치는 돈과 쾌락이 되었어요.**

같은 시간,
실험실에 갇혀 버린 아리아는
두려움에 질려 있었어요.
그녀의 심장은 공포에 반응해
눈부신 빛을 뿜어내기 시작했어요.

그녀의 심장이 밝은 빛을 내뿜는 것을 본
과학자들은 깜짝 놀라 동요했어요.

그들은 소녀의 정체를 알고 싶어 했어요.

과학자들과 의사들은 호기심을 품고 그녀에게 수많은 실험을 했어요. 온갖 주사와 약물을 주입하고, 실험들을 강행하기 시작했어요.

그녀는 곧 정신을 잃었어요. 그녀가 정신을 잃자, 위기 상황임을 감지한 그녀의 심장은 평소보다 더욱 눈부신 빛을 내뿜었어요.

그녀의 가느다란 팔뚝에는 주삿바늘 자국이 수도 없이 남았어요.

이후 과학자들과 의사들은 그녀가 보통의 인간과는 전혀 다른 능력과 피, 그리고 신체를 가지고 있음을 알아냈어요. 그들은 그녀의 피가 영원한 젊음을 유지시켜 준다는 사실을 알아냈어요. 곧 그녀는 매일 피를 뽑히게 되었어요.

과다한 채혈로 인해 정신이 혼미해질 때마다 그녀는 연인을 생각하며 버텼어요. 비록 자신을 고통 속에 몰아넣은 연인이었지만, 가장 힘든 순간 그녀가 떠올린 이는 다른 누구도 아닌 리바이였어요.

'그가 날 구하러 와 줄거야. 그가 오고 있어. 죽지 않고 살아서 기다리면 그를 만날 수 있어.'

과학자들과 의사들에게 그녀는 하나의 사람이 아닌 실험체에 불과했어요. 아리아는 그들에게 눈물로 호소했어요.

"나도 당신들과 같아요. 생각할 수 있고 감정도 있고 말도 할 수 있어요. 난 당신들이 취급하는 것처럼 말 못 하는 짐승이 아니랍니다. 날 살려 주세요. 당신들이 그러하듯 내게도 사랑하는 가족과 연인이 있어요. 그들이 날 찾고 있을 거예요. 날 돌려보내 주세요."

그러나 그녀의 눈물 어린 호소는 차가운 그들의 심장을 충분히 녹이지 못 했어요. 그들은 그저 세기의 발견을 했다는 과학자로서의 성취감에 도취되어 있었어요. 어느 날 한 의사가 위로하는 척 그녀에게 말했어요.

"당신은 정말 놀라운 존재예요. 당신의 고통은 애석하지만, 전 인류를 위해 가치 있는 희생을 하고 있는 거예요. 그러니 너무 억울하게 생각하지 말아요. 당신 같은 존재들이 있어 인류는 여태껏 이만큼 발전할 수 있었어요."

그녀는 울먹이며 의사에게 물었어요.

"그럼 당신의 딸도 이렇게 희생시킬 수 있나요?"

생각지 못한 질문에 의사는 얼굴을 찡그리며 말했어요.

"내 딸은 이런 일을 당할 필요가 없어요. 능력 있고 힘 있는 내가 아버지니까요."

그는 거만하게 눈을 내리깔며 이렇게 말하고는 당황한 듯 자신에게 주어진 일을 하러 돌아가 버렸어요.

그리고 얼마 후, 과학자들과 의사들은 그녀의 존재를 각계의 부유한 이들에게 조용히 알리기 시작했어요.

가장 먼저 관심을 보인 건 사업가들이었어요. 그녀의 피를 팔면 큰 돈이 된다는 사실에 그들은 매우 들떴어요. 그녀의 피는 부자들과 귀족들 사이에서 '영생의 피'로 알려지며 암암리에 팔려 나갔어요. 그녀는 매번 정신을 잃을 정도로 피를 뽑혔고, 죽을 뻔한 고비를 여러 번 넘겼어요. 하지만 아무리 기다려도 그녀의 연인은 그녀를 구하러 오지 않았어요.

"그는 오지 않는 걸까? 나를 잊은 걸까?"

매일 그녀의 마음속에서는 비가 내렸어요. 고통의 시간은 더디게만 흘러갔어요.

고통과 분노, 절망에 찬 그녀는,
실험실 감옥 구석에서
매일 밤 잔인하고 탐욕스러운,
끔찍한 인간들에게 저주를 내렸어요.

자신을 구하러 와 주지 않는
연인에 대한 애증으로
그녀의 마음은 지옥이 되었어요.

"나를 도와줘요.
내가 이 끔찍한 감옥에서 나갈 수 있도록 도와줘.
누구라도 좋으니 내 말을 좀 들어줘.
날 찾아줘…!"

바깥세상에 닿지 못한 그녀의 울부짖음은 삭막하고 차가운 감옥 안을 맴돌 뿐이었어요.

어느 날 그녀는 마음 약해 보이는 한 과학자를 붙들고 애원했어요.

"제발, 바깥 사람들에게 내가 갇혀 있다는 걸 알려 주세요. 세상에는 분명 착한 사람들도 있으니, 내가 이런 일을 당하고 있다는 것을 알면 도우려는 사람들이 있을 거예요."

그러자 과학자는 곤란해하며 말했어요.

"당신을 보면 안됐다는 생각이 들어요. 돕고는 싶지만 내게도 먹여 살려야 할 가족이 있는걸요. 당신을 도운 게 알려지면 나는 이 좋은 직장에서 잘리고 말 거예요. 미안해요."

아리아의 마음은 무너져 내렸어요.

고통의 시간 속에서 그녀의 상황은 점점 나빠져만 갔어요.

그녀의 존재를 알게 된 정치인들은 생각했어요.

"그녀는 아주 특별해. 우리의 반대파들이 그녀를 학대하고 고문했다는 거짓 소문을 퍼트릴 수만 있다면, 그들에 대한 백성들의 지지를 떨어트릴 수 있어. 그녀를 잘만 이용하면 우리 당이 정치적으로 아주 유리한 위치를 차지할 수도 있겠어. 그녀는 우리에게 유용한 예쁜 마리오네트가 될 거야. 이건 절대 우리 당만을 위한 일은 아냐. 국가를 위한 일이고 더 나아가 모든 국민들을 위한 일이지. 암, 그렇고말고!"

정치인들을 바라보던 아리아는 힘없이 그들에게 물었어요.

"나는 당신들의 국민이 아닌가요? 왜 이런 일을 당해야만 하나요? 나는 당신들의 정치싸움에 이용당하고 싶지 않아요. 나랏일을 한다는 당신들도 하지 않는 희생을 왜 아무것도 아닌 내가 해야 하는 건가요?"

그러자 한 정치인이 그녀에게 속삭이듯 말했어요.

"그게 네가 희생 당하는 이유란다. 돈도 없고 권력도 없기 때문이지. 넌 아직 어리고 순진해서 잘 모르겠지만 원래 세상은 그런 거야."

그녀의 눈에서 하염없이 굵은 눈물이 흘렀어요.

고통의 시간 동안 그녀는 글을 쓰며 자신을 달랬어요. 자신의 처절하고 끔찍한 기억들을 시를 통해 적어내려 갔어요.

그것이 그녀가 이 끔찍한 시간을 버틸 수 있는 유일한 방법이었어요.

특별한 존재인 그녀에 대한 소문이 암암리에 언론계까지 돌자, 어느 날 한 기자가 그녀를 구경하러 실험실 감옥으로 찾아왔어요.

그녀는 그가 기자인 것을 알고 매달려 애원하기 시작했어요.

"나에 대한 이야기를 기사로 써 주세요. 세상엔 착한 사람들도 분명 있을 테니, 내 이야기를 알게 되면 구해 주려는 사람들이 분명 생길 거예요. 그러니 내 이야기를 세상에 꼭 알려 주세요."

그녀는 무릎 꿇고 눈물을 흘리며 애원했어요. 그러자 기자는 곤란해하며 말했어요.

"당신의 일은 안타깝게 생각해요. 하지만 그럴 권한이 내게는 없어요. 저 위에 앉아있는 사람들이 그걸 허락하지 않아요. 그들은 당신 이야기가 많은 사람들에게 알려지는 것을 원하지 않는답니다. 당신의 존재는 세상의 질서를 흔들 거예요. 윗사람들은 자신들이 유지해 온 기득권과 질서가 흔들리는 것을 원하지 않아요."

기자는 여기까지 이야기하고 뭔가 생각난 듯 눈알을 굴렸어요. 그는 그녀의 눈치를 살피며 다시 말했어요.

"흠…. 하지만 당신 처지가 꽤 안타까우니 하는 이야긴데…. 아까 보니 당신 시에 현재의 처절함이 너무 잘 나타나 있더군요. 물론 시가 훌륭하기도 하고요. 그걸 나에게 주면, 바깥 세상에 당신의 상황을 알리도록 노력해 볼게요."

그녀는 뛸 듯이 기뻐했어요.

'이제 이 끔찍한 실험실 감옥에서 벗어날 수 있어! 나도 살 수 있어!'

그녀는 희망에 부풀었어요. 그리고 다시 생각했어요.

'내 이야기가, 혹은 내 시가 기사로 나가면 도와주는 사람들도 생기고 상황이 많이 좋아질 거야. 이제 내게도 희망이 있어!'

하지만 그것은 그녀의 착각이었어요.

그녀의 시에 감탄한 기자는 순진한 그녀를 속여 작품들을 받아냈어요. 그런 후 그녀의 작품들을 자신의 이름으로 발표했어요.

시집은 문단에서 큰 호응을 얻었어요.

자신의 작품을 도둑맞은 줄도 모르던 그녀는, 어느 날 한 과학자가 전해 준 소식을 듣고 자신이 기자에게 속았음을 깨달았어요.

"지난번 당신을 방문했던 기자 말이에요. 그 사람이 시집을 발표했는데 평가가 아주 좋아요. 이 시집으로 그 사람은 부와 명예 모든 걸 얻었어요. 나도 읽어 봤는데 작품이 아주 훌륭해요. 이것 좀 봐요."

그가 내민 잡지엔 그녀의 작품이 기자의 이름 아래 버젓이 실려 있었어요. 그녀의 손은 배신감과 절망에 바들바들 떨렸어요.

아리아는 엉엉 울기 시작했어요. 그녀는 점점 자신의 삶과 인간에 대한 희망을 잃어 갔어요.

아리아는 모든 희망을 잃고 만신창이가 되어 바닥에 쓰러져 지내는 시간이 점점 늘어났어요.

그녀의 눈빛은 초점을 잃었고, 하루의 대부분을 멍한 표정으로 보냈어요. 늘 정신이 혼미한 그녀는 더 이상 시간의 흐름조차도 느낄 수 없게 되었어요.

그러던 어느 날, 군인들이 아리아를 찾아왔어요.

"우리의 목적은 당신의 특별한 신체와 능력을 활용해 무기로 사용하는 거예요. 하지만 지금의 당신은…. 흠…. 엉망이군요."

그 말을 들은 아리아는 가냘픈 목소리로 말했어요.

"사람들을 해치고 싶지 않아요. 나는 누군가를 해치는 데에 사용 되어져서는 안 돼요. 난 세상과 사람들을 해치고 파괴하기 위해 만들어진 존재가 아니에요."

그러나 군인들은 딱딱한 얼굴로 말했어요.

"당신 말이 맞건 틀리건, 이미 당신은 너무 망가져서 우리가 사용할 수 없게 됐어요. 당신은 더 이상 쓸모가 없어요."

군인들은 차가운 눈빛으로
그녀를 한 번 더 쳐다보더니
돌아가 버렸어요.

과학자들은 신중히 살펴본 뒤,
그녀를 폐기하기로 결정했어요.

그리고 아직 죽지도 않은 그녀를 두고
시신 해부에 대해 이야기하고,
이후 시신을 어떻게 이용할지
의논하기 시작했어요.

아리아가 배신감으로 끔찍한 고통을 겪으며 시간을 보내는 동안, 그녀의 연인은 더 많은 돈을 벌었어요.

'이제 난 온 세상을 다 가질 수 있어!'
그는 생각했어요.

돈과 권력을 탐하는 그의 주변엔 늘 친구들이 많았고, 아름다운 여성들의 유혹이 끊이지 않았어요. 그는 아름다운 여성들에 홀렸고, 값비싸고 신기하며 흥미로운 것들이 주는 매혹에 빠져 시간 가는 줄 몰랐어요.

"아리아는 뭐…. 괜찮을 거야. 내가 그렇듯 어디선가 그녀도 잘 지내고 있겠지. 그녀의 희귀하고 고귀한 눈동자와 심장이 좀 특별해서 누군가 해치지 않도록 스스로 조심해야겠지만 별일이야 있으려고."

그는 애써 그녀에 대한 걱정을 마음 속에서 지워 버렸어요.

그렇게 오랜 시간이 지난 어느 날, 매일 계속되는 파티와 쾌락에 어느 순간 그는 공허함을 느끼기 시작했어요. 한때 친구라 믿었던 사람들과 사랑하는 사람이라 믿었던 아름다운 여성들의 진심은 모두 거짓이었어요. 그들은 그저 그의 돈을 탐내는 하이에나들 그 이상도 이하도 아니었어요. 모든 것이 부질없이 느껴졌어요.

공허함에 정처 없이 도시를 헤매던 그는 우연히 옛 연인과 비슷한 얼굴을 발견하고는 문득 그녀를 떠올렸어요. 그러다 애써 잊고 지내던 그녀와의 마지막 순간을 기억해 냈어요.

'그녀는 어떻게 됐을까? 떠돌이 장사꾼을 따라갔었는데 괜찮을까? 큰 도시는 많이 위험한데…'

뒤늦게 걱정이 된 그는 그녀의 행방을 수소문해 찾기 시작했어요. 옛 연인에 대한 미안함이 뒤늦게 밀려왔어요.

'별일 없었어야 할 텐데.' 그는 생각했어요.

리바이는 오랫동안 미뤄 왔던, 그녀를 찾는 여정을 다시 시작했어요.

한편, 자신을 둘러싼 인간들의
끔찍한 만행을 겪으며
그녀의 분노는
걷잡을 수 없이 커져 갔어요.

하지만 반복되는 학대와 실험, 고문으로 인해 그녀는 쇠약해질 대로 쇠약해져, 자신을 괴롭히는 인간들에 맞설 힘과 능력이 거의 남아있지 않았어요.

아름답고 생기 가득했던 그녀의 투명한 피부와 붉은 입술은 피를 너무 많이 뽑혀 창백하고 거칠게 변해 갔어요.

그녀의 젊음과 생기의 근원이었던 피를 빼앗긴 탓에 그녀는 하루가 다르게 늙어 갔어요. 그리고 결국 노파와 같은 모습이 되고 말았어요.

반복되는 실험과 주입되는 약물의 부작용 탓에 그녀의 몸은 늘 퉁퉁 부어 있었고, 사시나무처럼 덜덜 떨렸어요. 그녀의 눈동자는 어둠으로 덮였고, 그녀의 심장은 빛을 거의 잃어 더 이상 어떤 광채도 볼 수 없었어요.

그녀는 자신의 마지막이 얼마 남지 않았다는 걸 깨달았어요. 인간들의 끔찍한 짓에 그녀는 피눈물을 흘렸어요.

그녀는 자신의 마지막 남은 모든 능력을 끌어모아 정령들을 하나씩 불러내기 시작했어요.

가장 먼저,
그녀는 **물의 정령**을 소환했어요.

"모든 부정한 것을
덮을 수 있는 물의 정령님,
당신의 능력으로
세상 모든 인간들을 쓸어 주세요.
**곧 돌아오는 보름달이 뜨는 밤,
난 이 땅의 모든 인간들이
사라지길 원해요.**"

물의 정령이 물었어요.

"그것 참 엄청난 부탁이군요.
내가 당신의 부탁을 들어준다면,
당신은 내게 무엇을 줄 수 있나요?"

"**내 눈을 드리겠어요.** 사람들은 내 눈이 특별하다고 말해요. 나는 이 좁고 어두운 실험실 감옥 안에서도 종종 세상을 볼 수 있었어요. 심지어 인간들의 검은 속내까지도요. 인간의 몸으로 이런 능력을 가지고 있다는 건 괴로울 때가 많아요. 알고 싶지 않은 것들을 알게 된다는 건 내게 항상 고통이었어요.

하지만 당신은 달라요. 정령이니까요. 당신이라면 내 눈을 더욱 잘 사용할 수 있을 거예요. 내 눈을 당신의 이마에 붙이면, 전능한 힘과 권위, 깊은 혜안을 가진 당신을 더욱 돋보이게 해 줄 거예요."

"하지만 당신에겐 사랑하는 사람이 있잖아요. 내게 눈을 주면, 당신은 사랑하는 사람을 영영 볼 수 없을 거예요."

물의 정령이 말했어요.

"이미 그 사람은 나를 잊었어요. 그 사람에게 더 이상 나는 아무 가치가 없어요. 그 사람은 내 눈이 특별하고 아름답다고 늘 말해 주었어요. 하지만 이제 내게 사랑스럽게 속삭여 줄 그는 없답니다. 더 이상 그를 볼 수 없는 내 눈은 가치를 잃었어요."

"이제 내가 원하는 마지막 한 가지는, 더 이상 인간들에게 내 몸을 빼앗기거나, 이용당하지 않는 거예요. 당신은 탐욕스러운 인간들과는 달리 내 눈을 정의롭게 써 줄 거라 믿어요."

물의 정령은 고개를 끄덕이며 말했어요.

"좋아요. 당신이 원하는 대로 이루어질 거예요. 우리의 거래는 성사됐어요."

다음 날 밤, 어두컴컴한 실험실 감옥에서 그녀는 **불의 정령**을 불러냈어요. 그녀는 자신의 원념을 담아 불의 정령에게 말했어요.

"모든 것을 태워 버릴 수 있는 불의 정령님, 당신의 능력으로 인간들의 탐욕을 모두 불태워 주세요. 곧 돌아오는 보름달이 뜨는 밤, 난 이 땅의 모든 인간들의 탐욕이 불살라지길 원해요."

불의 정령이 물었어요.

"내가 당신의 부탁을 들어준다면,
당신은 내게 무엇을 줄 수 있나요?"

"인간들에게 착취당해
얼마 남지는 않았지만,
내 남은 피를 드릴게요.
인간들은 내 피가
젊음을 유지시켜 준다고 했어요.
내 피는 당신의 불꽃이
더욱 찬란하고 아름답게, 또 영원히
타오르게 해 줄 거예요."

"내게 피를 모두 주고 나면
당신은 죽고 말 거예요."

아리아는 대답했어요.

"난 내게 마지막 순간이 다가오고 있는 걸 느낄 수 있어요. 인간들에게 잡혀 끔찍한 일들을 당하기 시작한 날부터 이미 나는 살아 있어도 사는 게 아니었어요. **인간들은 저마다의 욕망을 나에게 투영해요. 내게서 자신들이 필요한 것들을 알아보고 이용해요.** 난 그들의 욕망을 부채질하는 존재예요."

"어쩌면 나 같은 존재는 처음부터 만들어지지 않는 편이 나았을지도 몰라요. 내 마지막 순간까지 인간들의 손에 결정되도록 두고 싶지 않아요. 난 내 마지막 때와 모습을 스스로 결정할 권리가 있어요."

불의 정령은 고개를 끄덕이며 말했어요.

"좋아요. 당신이 원하는 대로 이루어질 거예요. 우리의 거래는 성사됐어요."

세 번째 날,

그녀는 **땅의 정령**을 불러내 말했어요.

"모든 것을 삼키는 땅의 정령님,

당신의 능력으로 오랜 시간

인간들이 쌓아 온 모든 문명을

땅 속 깊이 삼켜 주세요.

곧 돌아오는 보름달이 뜨는 밤,

난 이 땅 위에 인간들이 쌓아 올린

모든 것들이 흔적도 없이 사라지길 원해요."

땅의 정령이 물었어요.

"당신 이전에 내게 비슷한 부탁을 했던 이들이 있었어요. 그때마다 인류의 역사는 태고와 무(無)로 돌아갔어요. 벌써 일곱 차례나 반복되어 왔답니다. 내가 당신의 부탁을 들어준다면, 당신은 내게 무엇을 줄 수 있나요?"

아리아가 말했어요.

"**내 심장을 드릴게요**. 내 심장은 기쁠 때나 슬플 때, 감정에 따라 밝은 빛을 뿜어내요. 당신이 태양과 별, 달을 가지고 있는 하늘의 정령을 부러워하고 질투하고 있다는 걸 알아요. 내 심장을 갖게 된다면, 당신은 더 이상 하늘의 정령이 부럽지 않을 거예요. 내 심장의 빛으로 인해 당신은 더 고귀해 보일 테니까요."

"내게 심장을 주고 나면 당신은 정말 죽게 될 거예요. 인간을 증오하는 마음은 충분히 이해하지만, 당신을 죽음으로 이끄는 복수가 당신에게 큰 의미가 있을지 난 잘 모르겠어요."

그러자 아리아가 말했어요.

"난 어떻게 되어도 상관없어요. 인간들과 그들이 이 땅에 만들어 놓은 모든 탐욕스러운 것들을 쓸어버리고, 또 가루로 만들어 버릴 수 있다면 난 만족해요. **그들이 오랜 시간 쌓아 올린 문명과 기술, 권력이란 것들은, 사실 모두 여리고 약한 생명들의 희생으로 만들어진 거예요.**

지금 당신 눈앞에 있는 나도 그들의 희생양 중 하나가 됐어요. 그들의 문명은 야만적이고 잔인해요. 난 그런 인간들이 증오스러워요. 게다가 어차피 내 몸은 이미 만신창이가 되어서 오래 살 수도 없는걸요. 난 인간들과 그들 문명의 파멸을 원해요."

땅의 정령은 깊은 생각에 잠겨 있다가 고개를 끄덕이며 말했어요.

"좋아요. 당신이 원하는 대로 이루어질 거예요. 우리의 거래는 성사됐어요. 이제 인간들의 세상은 '여덟 번째 태고의 세상'으로 돌아가게 될 거예요."

네 번째 날, 그녀는 마지막으로
바람의 정령을 불렀어요.

"세상 모든 추악한 것들을
쓸어버릴 수 있는 바람의 정령님,
당신의 능력으로
악한 세상을 쓸어 주세요.
**곧 돌아오는 보름달이 뜨는 밤,
난 이 땅의 모든 악한 것들이
정화되기를 바라요.**"

바람의 정령은 물었어요.

"내가 당신의 부탁을 들어준다면, 당신은 내게 무엇을 줄 수 있나요?"

"**내 영혼을 드릴게요.** 내 영혼은 보통 인간들의 것과는 다르답니다. 내 영혼에 깃든 힘으로 당신의 바람이 더욱 강력해질 거예요."

"하지만 내게 영혼을 주고 나면, 당신은 다시 태어날 수 없어요. 당신에게는 사랑하는 사람이 있잖아요. 다음 생은 사랑하던 이와 함께할 수 있고, 이번 생보다 훨씬 행복할 수도 있어요. 더 멋질 수 있는 또 다른 생의 기회를 영영 포기한다는 건 너무 아깝지 않나요?"

바람의 정령은 슬프고 안타까운 마음으로 물었어요.

"난 인간으로서의 삶에 미련이 없어요. 내가 이번 생에서 겪은 인간들은 모두 끔찍하게 이기적이고 탐욕스러웠어요. 그들은 돈과 같은 물질적인 것들이나 권력 외에는 아무것도 중요하게 생각하지 않아요. **세상을 살아가며 정말 중요한 것들을 그들은 보지 못해요**. 인간 세상을 발아래 두고 내 영혼이 바람의 정령인 당신과 자유롭게 누비고 다닐 수 있다면, 나는 매우 행복할 거예요. 나는 너무 오랜 시간 동안 갇혀 있었어요. 이제 엉망이 된 내 몸과 인간들이 만들어 놓은 감옥에서 벗어나 자유로워지고 싶어요."

그녀는 계속해서 말을 이어 갔어요.

"내가 바랐던 건 크고 거창한 것들이 아니었어요. 내가 꿈꿨던 건 아주 작고 소소한 행복이었는데…. 다른 이들에겐 당연한 행복들이 왜 내겐 당연할 수 없었을까요? 남들과 뭔가 다르다는 것은 내게 저주였어요. 인간들은 자신과 다른 무언가를 가만두지 못 해요. 그들은 호기심이라는 명분 하에 궁금한 것들을 쥐고 흔들고 망가뜨려서 결국 파괴해요.

난 그런 인간들이 무섭고 소름 끼쳐요. 그들은 종종 자신들이 파괴된 방식으로 남을 똑같이 파괴해요. 그리고 가끔은 그런 일을 겪어야 성숙해지는 거라며 합리화하기도 해요. 하지만 **자기 자신이 망가진 것조차 인지하지 못하는 인간들이 어떻게 성숙한 존재가 될 수 있을까요?** 그들의 말은 늘 앞뒤가 맞지 않아요. 난 그들을 죽을 때까지 이해할 수 없을 거예요."

잠자코 듣던 바람의 정령은 맞장구를 치며 말했어요.

"오랜 세월 인간들을 내려다보며 살아온 나도 인간들을 이해할 수 없을 때가 많았답니다. 인간들은 믿을 수 없을 만큼 복잡 미묘하고 이기적이며 미성숙하고 공격적인 존재들이에요. 그들의 이런 본성은 많은 것들을 망가뜨리고 파괴했어요. 그들은 천 년 전에도, 지금도 똑같아요. 천 년의 시간이 흘러도 그들의 배움과 깨달음의 속도는 매우 느리답니다. 나는 오랜 시간 동안 그들을 지켜보며 실망했어요. 그게 내가 당신과의 거래를 승낙하는 이유예요."

슬픈 얼굴로 정령의 말을 듣고 있던 아리아는 말했어요.

"당신에게 작은 부탁 하나만 더 해도 될까요? **이 세상을 멸망시키기 전, 날 위해 은방울꽃을 찾아서 가져다 줄래요?** 오래전 사랑했던 사람이 내게 사랑을 맹세하며 줬던 꽃이에요. 그 꽃과 함께 죽음을 맞을 수 있다면 아주 조금이나마 행복해질 것 같아요. 그 꽃을 보면 행복했던 시절이 떠오르거든요."

바람의 정령은 가만히 고개를 끄덕였어요.

"그럴게요. 모든 건 당신이 원하는 대로 이루어질 거예요. 우리의 거래는 성사됐어요."

바람의 정령은 말을 마치고 연기처럼 사라졌어요.

깊은 잠에 빠져 있던 사람들은 모두 깜짝 놀라 혼비백산하며 깨어났어요. 거대한 물줄기가 낮은 땅에 살고 있는 인간들의 마을을 덮쳤어요.

물길은 높은 곳에서 낮은 곳으로 흐르며 지나가는 모든 곳을 쓸어 나갔어요. 한 쪽에선 어디서 시작됐는지 모를 불길이 인간들이 세운 모든 건물과 문명들을 태워 버리기 시작했어요.

땅은 때맞춰 솟아오르고 푹 꺼지며 이 땅에 가득했던 인간들의 흔적들을 집어삼켰어요. 하늘에선 회오리 돌풍이 일어나 수많은 인간들을 날려 버리고 내동댕이쳤어요.

무너지는 세상의 마지막 순간 앞에 사람들은 저마다 가장 소중한 것들을 챙기기 위해 달려 나갔어요. 누군가는 평생 모은 돈과 황금을 끌어안으며 울부짖었고, 누군가는 사랑하는 이들을 구하고 지키려 발버둥 쳤어요.

아리아의 연인인 리바이는 그 순간 아리아를 떠올렸어요.

'난 이대로 죽을 수 없어. 그녀를 만나야만 해. 아직 제대로 사과도 하지 못했는걸. 그녀를 구하기 위해서라도 난 살아남아야 해.'

그는 이를 악물고 안전하게 피신할 곳을 찾아 헤맸어요.

피와 눈, 심장과 영혼을 정령들과 거래의 대가로 모두 잃게 된 아리아는 힘없이 축 늘어진 채 마지막 순간을 기다리고 있었어요.

이를 안타깝게 여긴 네 정령들은 그녀의 몸을 이 땅에서 가장 높고 안전한 곳에 올려다 놓았어요. 그들은 그녀의 마지막 순간을 함께해 주었어요.

바람의 정령은 그녀가 부탁했었던 **은방울꽃을** 그녀의 손에 살포시 쥐여 주고는 머리칼을 쓰다듬어 주며 상냥하게 말했어요.

"힘든 생 잘 버텼어요.
편히 쉬어요.
이제 아무도 당신을 해치지 못해요.
이제부터 나와 영원히 함께할
당신의 영혼은 항상 안전할 거예요.
그러니 아무것도 두려워 말아요."

불의 정령 역시 나직하게 말했어요.

"당신의 복수는 모두 이루어졌어요. 이제 이곳에 지난 세상 인간들의 흔적은 어떤 것도 남아 있지 않아요. 당신을 괴롭혔던 그들은 더 이상 남아 있지 않아요. 이제 어떤 것도 당신을 괴롭히지 못해요. 복수가 이루어지고 그들이 사라졌다 해서 끔찍한 기억들도 함께 사라지지는 않겠지만, 적어도 당신 영혼에 작은 위로가 되었기를…"

그녀는 입가에 엷은 미소를 지으며 정령들에게 말했어요.

"고마워요. 내가 증오하던 인간들과 그들의 흔적이 이 땅에서 모두 사라져 버렸다는 사실 하나만으로 내 영혼은 평안을 얻었어요. 내 증오와 복수는 인간들을 파괴하고 또 나 자신을 산산조각 내었지만, 난 후회하지 않아요. 당신들 덕분에 난 내 슬픔과 고통을 모두 내려놓고 떠날 수 있게 되었어요. 내 마지막을 함께해 주어서 정말 고마워요. 내가 사랑했던 그 사람도 지금 내 옆에 있어 주었다면 좋았을 텐데…."

그녀는 마지막 순간, 옛 연인을 떠올렸어요. 그리고 정령들에게 잦아들어 가는 숨결로 당부했어요.

"혹시 그를 보게 된다면 내가 여기 있다고 꼭 말해 주세요."

정령들은 말없이 고개를 끄덕였어요.

그렇게 그녀의 마지막 숨이 끊어지고, 정령들은 애도를 표한 후 조용히 하나씩 떠나갔어요.

살아 있는 모든 것들이 사라진 세상은 무서우리만치 적막하고 고요했어요. 정령들이 거대한 힘으로 쓸어버린 세상에서는 새와 벌레조차 볼 수 없었어요. 그저 뜨거운 태양만이 물과 흙으로 이루어진 세상을 내리쬐고 있었어요.

그때 저 멀리서 누군가 비틀거리며 하염없이 걸어왔어요.

옛 연인을 다시 만나겠다는 일념으로 혹독한 세상의 마지막을 뚫고 살아남은 그는, 몇 날 며칠 아무것도 먹지도 마시지도 못해 금방이라도 쓰러질 듯 위태로워 보였어요.

끝없이 펼쳐진 땅 위를 아리아의 영혼과 함께 자유롭게 거닐던 바람의 정령은 그가 아리아의 옛 연인임을 한눈에 알아봤어요.

바람의 정령은 그에게 다가가 말을 걸었어요.

"아리아를 찾고 있나요? 그녀가 있는 곳을 알고 있어요. 나와 내 친구들이 그녀의 마지막을 지켰어요. 그녀는 가장 높고 안전한 곳에 잠들어 있답니다."

이 말을 듣고 눈이 번쩍 뜨인 그는 바람의 정령이 알려 준 곳으로 한달음에 달려갔어요.

그녀의 시신을 확인한 리바이는 털썩 무릎을 꿇고 눈물을 쏟으며 엉엉 울었어요.

아름다웠던 모습은 온데간데없이, 온몸의 피가 말라붙어 흉측한 몰골이 된 한 노파의 시신이 그곳에 있었어요.

그것이 그녀의 시신이라는 것을 차마 믿을 수 없던 그는 가슴이 찢어지는 고통에 통곡했어요. 그가 사랑했던 그녀의 깊고 반짝거리던 아름다운 눈은 찾아볼 수 없이 시커멓고 휑한 구멍이 뚫려 있었고, 밝은 빛을 뿜어내던 그녀의 가슴 언저리는 흉측하게 파헤쳐져 있었어요.

그는 그녀의 손에 든 은방울꽃을 한눈에 알아봤어요. 그녀에게 했던 약속을 지키지 못한 자신의 가슴을 치고 또 치며 오열했어요.

한참을 울던 그는 사랑했던 그녀를 고이 묻어주었어요.

다음 생에서조차 그녀를 만날 수 없다는 사실을 깨달은 그는 자신의 철없던 모습을 후회하고 또 후회했지만, 모든 것은 이미 되돌릴 수 없었어요. 그는 멍하니 그녀의 무덤을 바라봤어요.

하루, 이틀, 사흘, 나흘…. 시간이 어떻게 흐르는지도 그는 깨닫지 못했어요.

한참의 시간이 흐르고, 그의 눈물이 떨어진 아리아의 무덤에선 **두 개의 새싹**이 돋아났어요.

두 개의 새싹은 새로운 세상을 여는 최초의 나무들이 되었어요.

그는 오랜 시간 두 나무를 보살피며 홀로 살아갔어요.

나무들이 튼튼하게 자라 잎이 무성해지고 울창해진 햇빛 좋던 어느 날, 최후이자 최초의 인간이 된 그는, 두 그루의 나무들을 뒤로하고 먼 길을 떠나 다시는 돌아오지 않았어요.

이야기의 끝

새로운 세상의 시작

하늘과 땅 사이

커다란 나무 두 그루.

그와 그녀의 이야기를 품고 있는

유일한 생명들.

그와 그녀의 이야기는
지난 인간 세상의 흔적들과
함께 사라지고,
영겁의 시간 동안 아무것도 없었던
대지와 하늘에는 다시 생명들이
깃들기 시작했어요.

새로운 세상의 시작.
또 다른 생명들과 이야기의 시작.

끝에서 시작으로.

모든 아리아에게

 나는 해피엔딩을 좋아했다. 그래서 어릴 적 내가 읽었던 동화들은 모두 해피엔딩이었다. 어린 나의 세상은 그토록 단순하고 명확한 행복으로 가득 차 있었다. 이제 어른이 된 나를 비롯한 우리 모두는 더 이상 동화를 읽지 않는다. 동화란 현실과 동떨어진 유치한 이야기일 뿐이다. 어릴 적 동화 속 세상처럼 현실이 그리 단순하거나, 정의롭게 돌아가지 않는다는 걸 깨달은 우리는 더 이상 동화를 꿈꾸지 않는다.

 해피엔딩을 바라기에 현실은 너무 버겁고, 나아질 기미가 보이지 않는다. 동화 속에서 흔한 기적은 현실 세계에서는 쉽게 일어나지 않는다. 백마 탄 왕자님은 현실에서 나를 스쳐 지나간다. 팍팍한 삶을 살아가는 우리에게, 신데렐라에게 공짜 마법으로 예쁜 드레스를 입혀 주던 요정 대모는 없다. 좋은 것을 얻기 위해서는 피나는 노력을 하고 그에 맞는 대가를 지불해야 한다. 동화 속에서는 높은 탑에 갇혀 있는 공주를 구하러

　모든 난관을 헤치고 왕자가 달려오지만, 현실 세계의 왕자들은 공주를 구하기 전 자신의 손익을 계산해 본 뒤 아니다 싶으면 냉정히 돌아선다. 착하게 살고 노력하면 복을 받는 동화 속 주인공과는 달리, 현실세계에서는 선량함과 노력이 해피엔딩을 보장해 주지 않는다. 노력은 종종 우리를 배신한다. 현실과 동화의 괴리는 이처럼 갈수록 커져만 간다.

　그래서 어른들을 위한 동화를 써 봤다. 어른들 모두가 공감할 수 있는 동화를 써 보고 싶었다. 어쩌면 너무 씁쓸해서 굳이 보고 싶지 않고, 마주하고 싶지 않은 사실들일지도 모르지만. 아리아는 내게 한낱 이야기가 아닌 현실이다. 하루라도 빨리 벗어나고 싶은, 지독하게 잔혹한 현실이다.

　나는 동화를 통해 '현실'을 풀어내고 싶었다. 어쩌면 이런 무거운 주제들을 담기에 동화라는 장르는 적합하지 않을지도 모

르겠다. 그러나 나는 현학적이고 어려운 말 대신, 우리의 현실을 쉬운 이야기로 풀어내고 싶었다. 어려운 책은 나도 좋아하지 않으니까.

    이 책의 결말은 새드엔딩과 해피엔딩의 두 가지 버전으로 만들었다.
    다른 이의 선택이 어떻게 우리의 삶을 바꾸어 놓을 수 있는지, 또 한순간의 만남이 인생의 변곡점이 되어 어떻게 우리의 인생을 송두리째 바꿔 놓을 수 있는지 이야기하고 싶었다. 그래서 두 버전을 비교해 가며 읽어 보시기를 독자분들께 권하고 싶다.
    인생과 운명이란, 나의 선택과 다른 이의 선택이 씨줄과 날줄처럼 얽혀 만들어지는 거대하고 장엄한 이야기이다. 해피엔딩에서 아리아는 다른 이들의 선택과 도움으로 인해 전혀 다른 결과와 미래를 맞이한다. 인생을 살아가는 우리 역시 단

한순간의 행위로 인해 누군가의 인생에 구원이 될 수도, 혹은 파멸이 될 수도 있음을 알고 있다면, 우리에게 도움을 청하는 아주 작은 목소리도 쉽게 외면하지는 못할 것이다. 그 작은 선택이 어쩌면 누군가의 인생과 미래를 바꾸고, 더 나아가 내 인생을 바꿀 수도 있음을. 이렇듯 해피엔딩은 우리 모두가 함께 만들어 나가는 것이라 나는 믿는다.

아리아 이야기의 새드엔딩과 해피엔딩을 쓰는 내내 나는 궁금했다. 내 인생의 결말은 새드엔딩일까 해피엔딩일까.
우리 각자의 인생은 새드엔딩이 될 수도, 해피엔딩이 될 수도 있다. 하지만 잔인하고 차가운 현실 속에서 나에게도, 또 이 책을 읽는 이들에게도 해피엔딩의 동화 같은 기적이 일어나기를 다시 한번 꿈꿔 본다.
우리 모두의 인생에 '영원히 행복한 해피엔딩'의 축복을 기원하며 말을 마친다.

작가 인터뷰

이 책을 쓰게 된 계기는 무엇인가요?

책 읽고 글쓰는 걸 좋아하긴 했지만 전문적으로 글을 쓴 적은 없었어요. 제 본업은 영어 강사예요. 아이들을 대상으로 수업을 하면서 영어 동화책을 읽어 줄 기회가 있었어요. 다 아는 내용이라고 생각했는데, 다시 보니까 어릴 때 봤던 이야기들이 전혀 다르게 다가오더라고요. 어른이 되면 세상을 바라보는 눈이 많이 달라지잖아요. 그런데도 동화를 보고 재미를 느끼고 감탄할 수 있다는 게 신기했죠. 그러다 '어른들을 위한 동화를 직접 써보면 어떨까?' 싶었어요. 대학원에서 정치학을 공부하면서 느낀 점이나 사회를 바라보면서 생각한 것들, 그리고 지금까지 살아오면서 경험했던 것들을 이 책에 녹여냈어요.

'동화'의 매력은 무엇일까요?

우리가 열심히 노력한다고 해서 모든 일이 원하는 대로 이루어지지는 않잖아요. 인간관계도 마찬가지고요. 살면서 사회 전반적으로 삭막하고 차갑다는 느낌을 많이 받았어요. 그런 현실을 살아가고 있기 때문에 동화라는 장르에 더 끌렸던 것 같아요. 어릴 때의 세상은 무척 단순하잖아요. 그 시절에 대한 향수가 있었어요. 그때 느꼈던 따뜻함을 다시 느끼고 싶다는 마음이 컸죠. 지금까지 내가 겪어온 이야기를 동화로 표현한다면 어떤 모습일까 저도 궁금했어요. 또 하나는, 읽기가 쉽다는 점이에요. 아무리 중요하고 좋은 메시지가 담겨 있더라도 독자가 소화할 수 없다면 의미가 없잖아요. 바쁘고 정신 없는 일상 속에서도 편하게 읽을 수 있다는 점이 동화의 매력이죠.

아리아라는 캐릭터는 어떻게 탄생하게 되었나요?

아리아는 저 자신을 많이 투영한 캐릭터예요. 요즘 영화나 드라마에서 주목받는 여성 주인공들은 대개 강하고 주도적이잖아요. 감옥에 갇히면 그 문을 깨부수고 나올 만큼 능동적인 인물들이 각광받는 시대죠. 그런데 아리아는 그와 정반대예요. 특별한 능력을 타고나긴 했지만 정작 스스로를 지킬 힘은 없어요. 사실 시대 흐름에는 맞지 않죠. 저는 아리아를 통해 약자가 마주해야만 하는 현실의 벽을 더 명확히 보여주고 싶었어요. 그래서 '약자가 도움을 요청할 때, 우리 사회는 어떻게 반응할까? 사람들은 과연 얼마나 이타적일 수 있을까? 우리는 정말 누군가를 돕고 있을까?' 이런 질문들을 던지게 된 거죠.

독자들이 작품에서 놓치지 않았으면 하는 핵심이 있다면요.

제 책에는 상징적인 요소들이 많이 나와요. 아리아라는 캐릭터부터 은방울꽃, 붉은 마법사에 각각의 의미를 담았죠. 단순히 이야기의 흐름만 따라가기보다는 그 안에 숨겨진 상징성을 찾아 보셨으면 해요. 그렇다고 딱 정해진 해석을 찾기보다는, 자유롭게 사유해 보시기를 권해요. 또, 정치와 권력에 대한 고찰, 삶에 대한 고민들도 녹아 있으니 그런 메시지들도 함께 봐주시면 좋겠어요.

아리아의 두 가지 엔딩을 가르는 요인은 무엇이었을까요?

새드엔딩에서 아리아에게 리바이는 단순한 사랑의 대상이 아니라 희망을 상징해요. 누군가 자신을 구해줄 거라는 믿음, 이 상황에서 벗어날 수 있다는 희망을 리바이를 통해 붙잡고 있었던 거죠. 우리 인생도 얼마나 팍팍한가요. 그럼에도 불구하고 살아가는 건 희망이 있기 때문이에요. 사람이 무기력해지고, 스스로 인생을 포기하게 되는 건 그 어떤 희망도 발견할 수 없을 때예요. 해피와 새드를 가르는 건 '리바이'라는 희망이었죠. 삶을 계속해야 할 이유 자체가 무너져버린 거죠. 희망이 사라졌기 때문에 아리아는 '파멸'을 선택한 거예요.

아리아를 통해 우리 인생의 엔딩도 생각해볼 수 있을 것 같아요. 작가님의 삶은 어떤 방향으로 흘러가고 있나요?

해피엔딩과 새드엔딩의 중간 어딘가에 있는 것 같아요. 아직 엔딩이 난 건 아니지만, 완전히 행복하거나 완전히 불행하지도 않은 상태죠. 사실 누구나 그렇지 않을까요? 세상에 나쁜 일만 계속되는 인생도 없고, 좋은 일만 있는 인생도 없잖아요. 해피엔딩과 새드엔딩을 세트로 묶어 출판한 이유이기도 하고요.

작가님에게 '행복'은 어떤 의미인가요?

내가 무엇을 좋아하고 싫어하는지 알고, 원하는 것에 솔직할 수 있는 게 행복이라고 생각해요. 사랑, 돈, 일이나 취미 등 사람마다 행복의 기준은 다 다르죠. 다른 사람이나 상황에 이리저리 휘둘리지 않으려면 내가 정말 어떤 사람인지, 무엇을 원하는지를 알아야 해요. 그리고 그걸 쫓아서 살아갈 수 있는 용기가 필요하죠. 결국, 자신에게 솔직해질 때 진짜 행복해질 수 있어요.

일러스트를 통해 표현하고자 했던 것은 무엇이었나요?

제 책에 상징적인 요소가 많다 보니, 그런 분위기를 담아낼 수 있는 일러스트를 함께 수록하고 싶었어요. 샤갈의 작품에서 영감을 받았죠. 초현실주의 작가들이 지닌 자유로운 사고와 표현 방식이 제 책과 잘 어우러진다고 생각했거든요.

작가님이 추천하는 어른들을 위한 동화가 있을까요?

저는 고전 동화를 현대적인 시각으로 다시 읽어보시기를 추천해요. 단순하고 뻔한 플롯과 클리셰가 많지만, 요즘 시대에 맞춰 다르게 분석하고 해석하는 재미가 있어요. 예를 들어 어릴 때는 '신데렐라'를 착한 주인공이 고난을 겪다가 행복해지는 이야기로 받아들였어요. 그런데 지금 보니까, 신데렐라가 너무 자기주장이 약한 거예요. '왜 자기 권리를 주장하지 못했을까?' 하는 질문을 품고 보면 새로운 해석이 가능해져요. 고전 이야기를 시대에 맞춰 비틀어보는 과정 자체가 흥미로운 것 같아요.

힘든 시기를 겪고 있는 독자들에게 한 말씀해 주신다면.

자신만의 희망을 꼭 찾으셨으면 좋겠어요. 인생이 원하는 대로만 흘러가지 않잖아요. 외부에서 받는 상처와 폭언도 너무 많고요. 저도 살아오면서 힘든 순간들이 꽤 여러 번 있었어요. 어린 나이에 사기를 당할 뻔한 적도 있고, 다른 사람의 빚을 제가 뒤집어쓸 뻔한 적도 있었죠. 그런데 다행히도 그 고비들을 순간순간 잘 넘겨왔어요. 저는 보이지 않는 무언가가 우리 모두를 지켜주고 있다고 믿거든요. 그러니 포기하지 마세요. 자신만의 희망을 붙잡고 있으면 앞으로 나아갈 힘이 생길 거예요.

# 아리아 1권
세계의 시작에서

발행일 2025년 3월 31일

지은이 임유주
펴낸이 마형민
기획 최지민 김예은
편집 곽하늘 이은주 최지민 김현우
디자인 김안석 조도윤 표진아
펴낸곳 주식회사 페스트북
홈페이지 festbook.co.kr
편집부 경기도 안양시 동안구 관악대로 488
씨앗트 스튜디오 경기도 안양시 동안구 안양판교로 20

ⓒ 임유주 2025

ISBN 979-11-6929-749-3 04810

값 14,000원

* 이 책은 저작권법에 의해 보호를 받는 저작물이므로 무단 전재와 무단 복제를 금합니다.
* 페스트북은 작가중심주의를 고수합니다. 누구나 인생의 새로운 챕터를 쓰도록 돕습니다.
  creative@festbook.co.kr로 자신만의 목소리를 보내주세요.